Les interdits de ta mère

J'ai lu

ARTHUR *présente*

Arthur censuré	*J'ai lu* 3698/**5**
Ta mère	*J'ai lu* 4075/**2**
Ta mère, la réponse	*J'ai lu* 4225/**2**
Ta mère, la revanche !	*J'ai lu* 4365/**2**
Ta mère, la totale !	
À donf près du radiateur	
Mille et un conseils pour faire chier le monde	
Amons-nous les uns les autres !	*J'ai lu* 4524/**2**
Les interdits de Ta mère	*J'ai lu* 4468/**2**

Arthur

présente

Les interdits de ta mère

Éditions J'ai lu

Encore ?

Oui, on a honte... Mais on a subi des pressions.
«Un dernier! menaçaient-ils. Plus fort, plus délirant, plus crade!»
Vous connaissez les enfants, on ne peut rien leur refuser. Alors on a cédé.

N'en parlez à personne.
Cachez ce livre au fond de vos cartables.
«Les interdits de ta mère», c'est juste pour les mômes!

Quand ta mère pisse on l'appelle « baril de Kro pression » !

Ta mère a tellement de pellicules qu'on dirait le Festival de Cannes.

Y a des cochons qui se sont égarés dans la baignoire de ta mère en cherchant leur bauge.

Ta mère pue tellement de la gueule que les gens raccrochent quand ils l'ont au téléphone.

Ta mère

est tellement

vicelarde

que quand

elle va au zoo

elle s'enfile

des cacahuètes

dans la foufe

et elle appelle

L'ÉLÉPHANT !

Quand les juges en auront fini avec l'opération « mains propres », ils feraient bien de se pencher sur les fesses de ta sœur.

Ta mère a des points noirs tellement gros que pour les extraire il lui faut une pelle Poclain.

Ta mère est tellement méchante qu'elle ne peut s'endormir que si elle entend un enfant pleurer.

Ta mère transpire tellement que les saumons lui remontent le long du dos.

TA MÈRE PUE

TELLEMENT QUE

QUAND ELLE DESCEND

Ta sœur est tellement chaude

LES POUBELLES

que quand elle est passée à

ON DIRAIT QU'ELLE

«Tournez Manège» elle s'est

SORT AU BRAS DE

tapé un cheval de bois.

SA SŒUR JUMELLE.

Ta mère est tellement constipée qu'elle pète du nez.

Si ta mère était Blanche-Neige, les Sept Nains ce serait « L'Armée des douze singes » !

Ta mère est tellement dégueulasse qu'elle doit confondre le gant de toilette avec le paillasson.

Ta mère transpire tellement qu'il y a des auréoles sous le lit.

Ta mère, elle suce des aspirateurs !

Ta mère sent tellement **le fromage** qu'elle rote des asticots.

Ta mère a tellement **de varices** qu'on dirait une pub pour le roquefort.

Ta sœur a **des règles** tellement abondantes qu'elle doit mettre un traversin.

Ta mère repousse tellement **du goulot** que c'est pas une voilette qu'elle devrait mettre, mais un bouchon.

Ta mère est tellement poilue que pour passer le balai elle écarte les bras.

TA MÈRE A UNE VOIX TELLEMENT HORRIBLE QUE QUAND ELLE CHANTE, LA PLUIE REMONTE DANS LES NUAGES.

Ta sœur est tellement sale qu'elle sert de mascotte aux vidangeurs.

Si les femmes sont des fleurs, faudrait changer l'eau de ta mère.

Ta mère est tellement sale que quand elle transpire on croit qu'elle sort d'un bain de boue.

Ta mère pue tellement des dessous de bras que quand elle saluait Pétain les collabos devenaient résistants.

Ta mère est tellement crade que quand elle décroise les jambes ça pique les yeux.

Ta mère est tellement crade que quand elle écarte les jambes, les avions renifleurs ont les larmes aux yeux.

Ta mère est tellement déqueu que quand elle vomit dans les toilettes et que son dentier tombe elle se le remet directement dans la bouche !

interdit

QUAND TA MÈRE GRATTE SES BOUTONS Y A DES FRAMBOISES AU DESSERT.

Quand ta mère se passe du déodorant sous les bras, le stick est bon pour le vide-ordures.

Si ta mère ne met jamais de chapeau vert, c'est pour qu'on la prenne pas pour une poubelle.

Ta mère se prend tellement pour Blanche-Neige que les morpions jouent les Sept Nains.

Ta mère est tellement **méchante** que quand elle prend un **enfant** par la main c'est pour **essuyer** la sienne

INTERDIT

Dieu a pris une côte d'Adam, pour fabriquer Ève,

Ta mère est tellement crade qu'elle doit se désodoriser à l'ammoniaque.

et quand ça a cicatrisé il a fait ta mère avec la croûte.

Ta sœur est tellement dégueulasse qu'elle doit prendre son bain dans le bac du chat.

Ta mère est tellement dégueulasse qu'elle perd trois kilos en prenant sa douche.

Ta mère pue tellement et a tellement de points noirs qu'on dirait du munster au cumin.

Ta mère est tellement petite qu'elle se marche sur les ovaires.

Ta mère a les dents tellement noires qu'elle doit les frotter avec la brosse à chaussures.

Tes dents sont si jaunes que les voitures ralentissent quand elles te voient sourire.

Ta mère a tellement de tartre sur les dents qu'il faut les nettoyer au Canard-WC.

Ta mère est tellement **tordue** que quand tu la pénètres tu sais jamais par où tu vas ressortir.

Ta mère a les dents tellement dégueulasses qu'elle doit les laver chez « Car-wash ».

TA MÈRE EST TELLEMENT VIDE QUE QUAND ON LA PÉNÈTRE ÇA FAIT « PSS-SCHHHHHHH ».

Ta mère, y a que l'Eurostar qui lui soit pas passé dessus, il croyait entrer dans le tunnel sous la Manche.

La mer Rouge, c'est le jour où ta mère a eu ses règles à Eilat.

Ta mère,

Ta mère est tellement rachitique que si elle pète elle s'envole.

elle se lave les

Ton père est tellement cocu qu'il est obligé de se déguiser en facteur pour baiser ta mère.

cheveux dans la

Ta mère a un sexe tellement béant que quand elle ouvre les cuisses ça fait appel d'air.

friteuse.

Ta mère est tellement petite que quand elle s'enfile un suppositoire elle se chatouille le fond de la gorge !

FOR ADULTS ONLY

Quand ton père embrasse ta mère on dirait une partouze de limaces sur une paire de choux rouges.

Je suis jaloux de ta mère parce qu'elle a une bite plus grosse que la mienne.

Ta mère a un sexe tellement vaste qu'elle commande ses vibromasseurs chez Arianespace.

Ta sœur est tellement maigre que quand on la pénètre elle devient bossue.

Ta mère est tellement pauvre que, chez elle, le pâté en croûte, c'est une baguette fourrée au Ronron.

Ton père
a un zizi
tellement petit
que ta mère
se cure les
dents avec.

Ta mère
a tellement
de caries que
son dentiste
la soigne au
Caterpillar.

TA MÈRE EST TELLEMENT MÉCHANTE QUE LES MICROBES CHANGENT DE TROTTOIR !

Ta mère a les jambes tellement courtes que quand elle marche dans la rue ça laisse des traces de limace.

Ton père est tellement petit que sa tête pue des pieds.

TA MÈRE JOUIT TELLEMENT FORT QUE LES VOISINS CROIENT QU'UN BOEING 747 RASE LE TOIT DE LA MAISON.

Ta famille

Dis à ta mère de ne plus mettre des rouges à lèvres de toutes les couleurs parce que ça me fait un arc-en-ciel sur la bite.

est si pauvre qu'elle va au Mac Do pour lécher les doigts des gens.

Ta mère est tellement voleuse que quand elle embrasse un type, le lendemain elle chie ses dents en or.

Ta mère a les narines tellement graves que quand elle se débarrasse de ses crottes de nez ça fait un cinquième pied sous la table !

Ta mère est tellement snob qu'elle taille des pipes avec une paille.

Ta mère a tellement de cellulite que si on lui pose des ventouses ça fait des pots de yaourt.

TA MÈRE A LES SEINS TELLEMENT FLASQUES QUE QUAND ELLE COURT ELLE LES A DANS LE DOS !

Ton frère est tellement chaud qu'il se masturbe devant ***la Cuisine des mousquetaires.***

Ton père, ce serait pas celui qui joue dans « Les Feux de l'amour » et qu'a refilé la brûlure à tout le monde?

Ce n'est pas parce que ta sœur taille une pipe dans une cabine téléphonique que ça fait d'elle une call-girl.

Ta mère est tellement retorse que le jour du jugement dernier, Dieu a intérêt à prendre un bon avocat.

Quand ton père saute ta mère, c'est pas un accouplement mais un enlisement.

PENDANT

Ta sœur, elle a une bouche à tailler des cheminées de hauts fourneaux.

QUE TA MÈRE SUCE

Ta mère a la toison tellement drue que quand elle fait du bronzage intégral les Canadair tournent au-dessus.

DES OURS, LES PUTOIS LÈCHENT

Ta sœur a des goûts tellement bizarres qu'elle se touche devant *les Animaux du monde.*

TA MÈRE !

CENSURÉ

ta mère

Ta mère
est tellement
pourrie
que quand
le chirurgien
l'a ouverte
il a vomi
dedans.

Y a tellement de bouffe collée sur tes dents que Kouchner voulait les envoyer en Afrique pour ceux qui meurent de faim.

Ta mère a un sexe tellement profond que c'est le commandant Cousteau qui a dû remplacer son gynéco.

Ta bite est si petite que si je la présentais au tribunal, on la rejetterait pour manque de preuve.

Ta mère

Le sexe de ta mère est tellement fripé qu'elle pourrait accoucher d'une momie.

est tellement

Quand ta mère fait une partouze, on dirait une truie qui allaite ses petits.

obsédée que

Ta sœur a une foufoune tellement vorace qu'on la croirait sous vide.

quand elle va aux

toilettes,

Au lit, ta sœur est tellement molle qu'on a l'impression de planter un marteau piqueur dans du sable mouvant.

c'est la chasse

d'eau qui la tire.

TA MÈRE EST TELLEMENT RADINE QU'ELLE REFILE SES VIEUX TAMPAX AUX INVITÉS EN GUISE D'INFUSION AUX FRUITS ROUGES !

INTERDIT

Ta mère transpire tellement que les **marais salants** l'ont attaquée pour concurrence déloyale !

Ta mère est tellement grasse qu'elle a des yeux dans ses urines.

TA MÈRE A UNE FOUF TELLEMENT ÉNORME QU'ELLE DOIT UTILISER UNE SOUCOUPE VOLANTE COMME STÉRILET.

Quand ta sœur
écarte les cuisses,
le satellite Spot
croit filmer
le Grand Canyon.

Ta sœur est tellement grasse qu'elle fait top model chez Olida.

Ta mère est tellement énorme que quand tu marches derrière elle, t'es aspiré entre ses fesses.

Quand on a accusé le pet de vache d'être responsable du trou dans la couche d'ozone ta mère a pris un avocat !

Ta mère a les seins qui pendent tellement que si elle fait le poirier elle meurt étouffée.

Ta mère a une bouche tellement grande que quand elle taille une pipe les fesses du type lui font des grosses joues !

Ta mère a la poitrine tellement pendante que quand elle fait du vélo elle doit mettre des pinces à seins.

Ta mère a tellement de bourrelets que pour trouver son nombril il faut des chiens d'avalanche.

Ta mère est tellement goulue qu'elle gobe les poulets entiers et recrache les carcasses.

Ta mère
est tellement
conne que
quand elle
mange des
huîtres, elle
s'étonne de
chier des
coquilles.

Ta meuf est
tellement
moche que
quand on lui
fait un suçon
on se retrou-
ve avec la
bouche pleine
de fourrure.

Ta mère,
elle est
tellement
grosse
que pour
faire
des
frites
elle se
rince
un doigt.

Ta mère est tellement noire qu'on pourrait faire marcher le barbecue avec ses crottes de nez.

Ta mère a des jambes tellement énormes que le jour où elle a retiré ses bas résille pour se baigner dans la mer, on l'a chopée pour utilisation illicite de filets dérivants.

TA MÈRE, ELLE SE GRATTE LES GENOUX AVEC SES TÉTONS !

Le cul de ta mère est tellement gros
que quand elle marche dans la rue,
on dirait deux chiens en train
de se battre.

Ta sœur, elle est tellement **poilue** que quand elle promène son chien c'est elle que les gens caressent.

Ton frère est tellement morveux que c'est pas un mouchoir qu'il lui faut, c'est une moto-crottes.

Ta mère est tellement grosse et sale qu'on la prend pour un terril.

Ta sœur est tellement grosse que tu trouveras qu'un cornac pour lui monter dessus.

Le cul de ta mère est tellement gros que pour laver un de ses slips il lui faut deux machines.

Ta mère est tellement grosse qu'elle a deux estomacs : un pour la viande, un pour les légumes.

QUAND
TA MÈRE
A SES
RÈGLES
ELLE
S'ENFILE
DES
MOUTONS !

interdit

TA MÈRE C'EST COMME TCHERNOBYL : QUAND ELLE

PÈTE

TOUT LE MONDE AUTOUR PERD SES CHEVEUX !

Ta mère est tellement attaquée du fondement qu'elle vend ses furoncles comme pièces montées pour les mariages.

Ta mère a les seins qui tombent tellement que les poils de sa foufoune remplissent son décolleté.

Ta sœur est tellement rousse que quand
tu lui fais une minette
on t'appelle
BUGS BUNNY

???

Ta mère, elle est tellement grosse que les astronautes ont cru que la terre avait une bosse.

Ta mère a tellement de pertes blanches qu'elle a failli monter une fabrique de yaourts !

FOR ADULTS ONLY

Ta mère a des oreilles tellement grandes qu'au lieu des boules Quiès elle met des Tampax.

TA MÈRE
A TELLEMENT
DE PELLICULES
QUE QUAND
ELLE ÉCARTE
LES BRAS
LES ENFANTS
DISENT :
« CHIC, DE
LA BARBE
À PAPA ! »

TA MÈRE EST TELLEMENT IMMONDE QU'ELLE MILITE DANS DES ORGANISATIONS HUMANITAIRES JUSTE POUR LE PLAISIR DE VOIR DES GENS MALHEUREUX.

Ta mère est tellement poilue qu'avant de lui faire l'amour, tu dois la rouler dans la farine pour savoir où elle mouille.

Ta mère a les seins qui pendent tellement que quand elle est passée à « La Roue de la fortune » il a fallu démonter la roue pour les décoincer.

Ta mère a une poitrine tellement grosse qu'au Franprix elle commence par remplir deux caddies avec ses seins.

Ta mère est tellement grande que les pompiers s'entraînent à grimper à la corde sur la ficelle de son **Tampax** !

TA MÈRE, ELLE UTILISE SES CHIOTTES COMME JACUZZI !

Ta sœur a tellement d'acné que quand elle pleure ses larmes sont obligées de faire du 4x4 pour arriver au menton.

Ta mère est tellement alcoolique que quand elle **PÈTE** dans le ballon ça affiche cinq grammes.

Ta mère est tellement morfale qu'elle met de la mayonnaise sur l'aspirine.

Ta mère est tellement petite que quand elle s'est présentée aux jeux télévisés on l'a prise comme buzzy-buzzer.

TON VISAGE EST TELLEMENT MOCHE QU'ON DIRAIT QUE TON COU VEUT LE VOMIR.

Ta sœur est tellement laide qu'elle a de la cellulite aux genoux et les fesses cagneuses.

TA MÈRE, ELLE BOIT TELLEMENT VITE QUE QUAND ELLE VA À UN COCKTAIL LE LENDEMAIN ELLE CHIE UN SERVICE DE VERRES !

Ta mère est tellement grasse qu'on dirait un Flandise qu'on démoule.

Ta mère elle est tellement moche que quand ton père sort le chien c'est pour se le taper.

Ta mère, elle est tellement moche que si j'avais sa tête à la place de mon cul, j'aurais honte de chier.

Ta sœur est tellement conne qu'elle met une capote à son vibromasseur.

QUAND TA MÈRE A PLUS D'ŒUFS, ELLE TREMPE SES MOUILLETTES DANS LE CUL DE LA POULE !

Ta mère est tellement moche que lorsqu'elle va au marché on la confond avec les cageots.

Ta mère a un cul tellement gros que le TGV se trompe chaque fois de tunnel.

Ta mère, elle est tellement bête que pour faire du foie gras elle gave les Canard-W.C.

CENSURÉ
ta mère

TA MÈRE, ELLE EST TELLEMENT BÊTE QUE QUAND ELLE SUCE TON PÈRE ELLE CROIT QUE C'EST FINI QUAND Y A PLUS QUE LE BÂTON AU MILIEU !

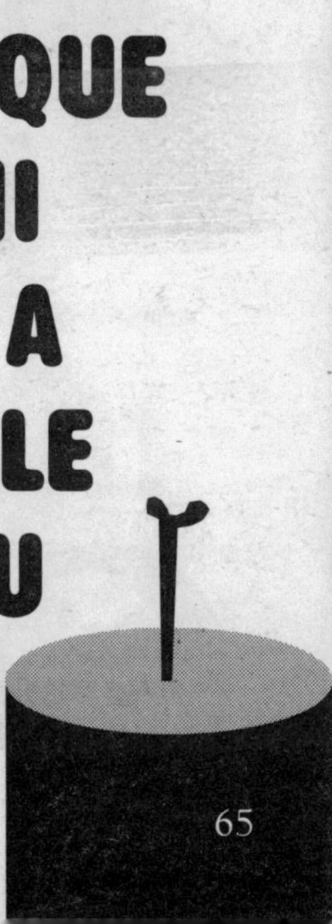

Quand ta mère se mouche dans la mer

y a une alerte aux méduses.

NON

**Ta mère,
elle a tellement
d'acné que quand
tu l'embrasses
ça fait des fils.**

TA MÈRE,
ELLE EST
TELLEMENT
POILUE QUE
QUAND ELLE
SORT ELLE
SIGNE DES
AUTOGRAPHES
AU NOM DE
TOM
SELLECK.

interdit

Ta mère est
tellement
immonde
que quand
elle bossait
à la banque
du sperme
on l'a virée
parce qu'elle
buvait
au travail.

Ta mère est tellement **radine** qu'au lieu d'acheter un plateau de fruits de mer elle crache dans les coquilles vides et elle ramasse des hérissons écrasés pour faire les oursins.

Ta mère est si laide qu'à la pêche c'est elle qui fait le ver.

Ta mère est si grosse que pour trouver sa fouf il faut installer une balise Argos.

TA MÈRE, ELLE TOUILLE LE FOND DES CHIOTTES AVEC SON CLITORIS.

Ta mère, quand elle a ses règles elle fait de la sangria pour tout le monde.

Ta mère a les cheveux tellement gras que ses poux ils se prennent pour Candeloro.

Ta grand-mère est tellement vieille que t'as

TA MÈRE EST TELLEMENT VIEILLE QU'ELLE A BAISÉ AVEC DES DINOSAURES.

Ouais,
Ta
mère,
elle est
tellement
poilue que
même les
morpions ils
savent plus
où ils
habitent.

plus aucun mal pour lui tirer les vers du nez.

TA MÈRE EST TELLEMENT IGNOBLE QU'ELLE SHOOTE DANS LES CULS-DE-JATTE EN FAISANT SEMBLANT QUE C'EST DES CHAPEAUX.

Ta mère, elle a tellement de pellicules que quand on la voit on dirait qu'il vient de neiger.

Ta mère a tellement de barbe que quand elle mange une banane on croirait un film porno.

TA MÈRE EST TELLEMENT VICIEUSE QUE QUAND ELLE SE MET À GENOUX À L'ÉGLISE C'EST POUR RENIFLER LA BITE DU CURÉ.

FOR ADULTS ONLY

Ta mère est tellement immonde que quand elle voit un S.D.F. avec un panneau « J'AI FAIM », elle lui parle, et si le type répond elle le traite de menteur parce que « ventre affamé n'a pas d'oreilles ».

TA MÈRE EST TELLEMENT VELUE QUE QUAND ELLE SE POINTE À POIL ON LUI DIT : « JE PEUX VOUS DÉBARRASSER DE VOTRE MANTEAU ? »

Ta mère est tellement méchante qu'elle passe dans les couloirs d'hôpital en disant à haute voix : « VOUS LUI AVEZ DIT À LA CHAMBRE D'À CÔTÉ POUR SON CANCER ? »

TA MÈRE, ELLE A TELLEMENT DE POILS QUE LES MORPIONS LUI MONTENT JUSQU'À LA BOUCHE.

Ta mère est tellement méchante qu'elle dépose des pièces de monnaie brûlantes dans la sébile des aveugles.

Ta sœur est tellement dégueulasse qu'il y a des morpions qui sautent à l'élastique sur son fil de Tampax.

Il y a tellement de cafards chez toi que tu leur as fait signer un bail.

Ta mère est tellement sèche que quand elle se masturbe

INTERDIT

avec un baromètre, il indique « beau fixe ».

Ta mère est tellement frigide que sa petite culotte sert à mettre les bouteilles au frais.

Ta mère, elle aime tellement les motards que pour leur ressembler elle se colle des moustiques sur les dents.

Tu es tellement DÉGUEULASSE que tu utilises ta cire d'oreilles pour ta voiture.

TA MÈRE, ELLE PIQUE LES JAMBES DE BOIS DES S.D.F. POUR S'EN FAIRE DES GODEMI-CHETS.

Ta mère est tellement cupide qu'elle a passé son brevet de secouriste juste pour pouvoir piquer les montres des cadavres.

Ta mère est tellement immonde qu'elle achète ses slips d'occasion dans un magasin pour animaux.

Ta mère est tellement maquillée que le soir au lieu d'essuyer le maquillage elle le démoule.

Ta mère est tellement dégueulasse que les mecs ne peuvent pas approcher sa foufe hors de la présence d'un sauveteur diplômé.

TA MÈRE EST TELLEMENT MÉCHANTE QU'ELLE FAIT LA TOURNÉE DES MATERNELLES POUR EXPLIQUER AUX ENFANTS QUE LE PÈRE NOËL N'EXISTE PAS.

Ta mère, elle a les oreilles tellement sales que ton père est devenu apiculteur.

Ta mère est tellement cupide que quand elle aide un aveugle à traverser elle lui demande de l'argent au milieu de la route sinon elle l'abandonne.

Ta mère, elle pète après l'amour pour remettre tous les poils dans le même sens.

Ta mère, elle a tellement de boutons sur la gueule que quand elle bronze on dirait une tablette de Crunch.

TA MÈRE, ELLE A TELLEMENT LA HONTE QU'ELLE LAISSE TRAÎNER PARTOUT DES TAMPAX TREMPÉS DANS LE KETCHUP POUR FAIRE CROIRE QU'ELLE EST PAS MÉNOPAUSÉE.

Ta mère, elle pue tellement que quand elle pète ça sent bon.

Ta mère, elle a tellement d'acné qu'on peut lire en braille sur son visage.

Ta mère, elle est tellement sale que quand elle se lave la station d'épuration porte plainte.

Ta mère est tellement crade qu'elle distribue plus de morpions que la Française des Jeux.

Ta mère, elle est tellement petite que quand elle met un suppositoire elle fait une hémorragie cérébrale.

Ta mère est tellement haineuse qu'elle loue des Jaguar pour aller faire des bras d'honneur devant les Restos du Cœur.

Tes dents sont tellement jaunes que quand tu fermes la bouche ton estomac s'éclaire.

TA MÈRE EST

MÉCHANTE QUE QUAND ELLE VOIT UN TYPE QUI VEND *LE RÉVERBÈRE* ELLE LUI DEMANDE SI ÇA VA PAS LUI DONNER DES AMPOULES.

TELLEMENT

BIEN HABILLÉE QUE LA DERNIÈRE FOIS QU'ELLE A SORTI LES POUBELLES LES ÉBOUEURS L'ONT EMBARQUÉE.

Ta mère s'est éclaté un furoncle tellement énorme qu'elle a été projetée contre le mur.

Ta mère, elle me sourit, je fais **caca** bleu pendant **trois** jours !

CENSURÉ

ta mère

Ta mère a tellement de boutons que quand on la prend en levrette on a l'impression de jouer au flipper.

Ta bite est
tellement
petite que
quand tu te
fais sucer,
on dirait un
Tic-Tac dans
la bouche
d'une baleine.

Ta mère
est tellement
nympho
que si elle
arrêtait
de tailler
des pipes
elle perdrait
dix kilos
en quinze
jours.

interdit

Ta mère, elle pue tellement de la gueule qu'à l'hôpital ils l'ont embauchée comme anesthésiste.

Ta mère, elle a tellement de jaune au bout des Coton-Tige qu'elle pourrait jouer dans
Le Miel et les oreilles.

TA MÈRE A LES DENTS TELLEMENT NOIRES QUE QUAND ELLE BOIT DE L'EAU ELLE CRACHE DU CACOLAC.

FOR ADULTS ONLY

Ta mère

est tellement

petite

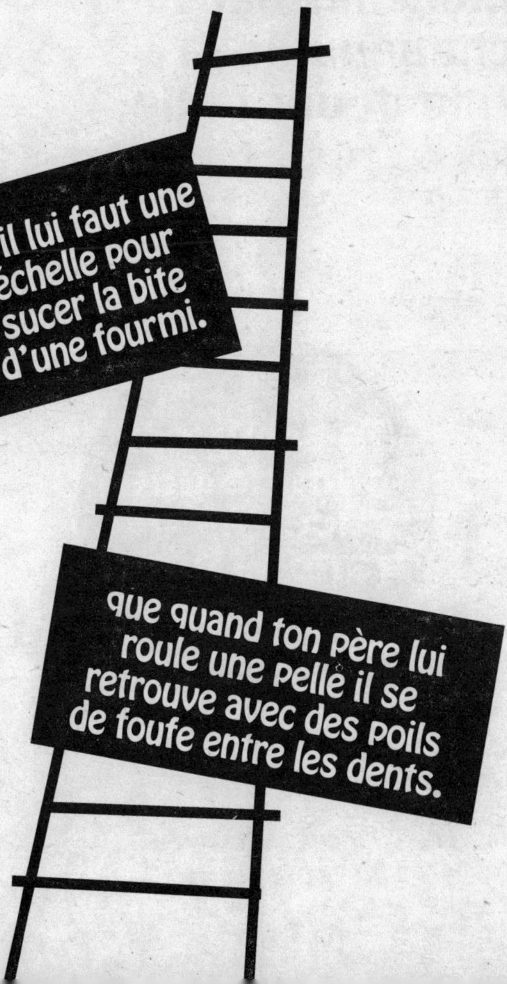

qu'il lui faut une échelle pour sucer la bite d'une fourmi.

que quand ton père lui roule une pelle il se retrouve avec des poils de foufe entre les dents.

Ta mère est tellement crade que quand le métro est bondé elle en profite pour se moucher dans les cheveux de la fille devant elle.

Ta sœur est comme une sucette : un franc le coup de langue.

Ta mère est tellement chaude que son vibromasseur a un double pot d'échappement.

TA MÈRE EST TELLEMENT MÉCHANTE QUE LA MÈRE D'HITLER LUI PARLAIT D'ELLE POUR LE FORCER À MANGER SA SOUPE.

Ta mère elle a 32 bites dans le cul : c'est une Mega drive.

Ta mère est tellement salope qu'on la surnomme « Micro-Ondes » parce qu'elle chauffe en quinze secondes.

Ta mère est tellement cupide qu'elle secoue ses pellicules sur le gâteau pour économiser le sucre glace.

**La fouf de ta mère,
elle est tellement grosse
que si elle met son stérilet
sur la télé elle capte
les chaînes d'Australie.**

TA MÈRE EST TELLEMENT MÉCHANTE QU'ELLE S'ENVOIE DES LETTRES ANO-NYMES POUR POUVOIR ACCUSER LES VOISINS.

« Ta mère c'est comme la SNCF : le plaisir ne vaut que s'il est partagé par tous. »

Ta mère est tellement molle qu'on l'enterrera dans un aquarium.

Ta sœur est comme un frigo, tout le monde y glisse sa viande.

Ta mère a un sexe tellement grand qu'à *Perdu de Vue* ils feraient mieux de commencer par aller y jeter

un **œil.**

Ta mère est comme un restaurant de luxe: les deux accueillent les livraisons derrière.

Ta mère est tellement grosse que si elle tourne dans un film porno il sera classé XXL.

TA MÈRE, ELLE EST TELLEMENT VIEILLE QU'ELLE A DES RIDES SUR LES YEUX.

Ta mère est comme les écureuils : elle a toujours une noisette dans la bouche.

Le sexe de ta mère est tellement sec que les morpions s'y baladent avec des gourdes.

Ta mère est tellement grosse que quand ton père fait l'amour, il ne sait pas s'il est dans le trou ou dans un pli.

Ton pédé de frère est tellement obsédé qu'il bande en léchant le dos des timbres.

Ta mère est tellement grosse que pour trouver sa foune tu attends qu'elle pisse et tu remontes le courant.

Ta mère est tellement grasse que quand tu lui serres la main tu te prends une giclée d'huile.

TA MÈRE,
ELLE EST
TELLEMENT
SALE
QU'ELLE
ROULE
ET
MANGE
TOUTES
SES CROTTES.

TA MÈRE EST TELLEMENT GROSSE QUE QUAND ELLE MET DES LUNETTES DE SOLEIL ON DIRAIT DES POINTS NOIRS.

Ta mère est tellement raciste que quand elle voit des petits Africains en train de mourir de faim elle dit : « Eh ben, elles sont pas dégoûtées les mouches ! »

Ta sœur a tellement d'acné que j' l'ai confondue avec ma Texas Instruments.

TA MÈRE, C'EST COMME LES MOUSQUETAIRES : UN POUR TOUS ET TOUS SUR TA MÈRE.

Ta mère est tellement moche que quand elle se mouche on croit qu'elle se TORCHE.

Ta mère, c'est comme un banquier, elle aime bien quand ça **rentre.**

Ta mère,

elle

joue à

la pétanque

avec

des crottins

de cheval.

Ta mère
a tellement
de bourrelets
qu'Edgar
Grospiron
n'arrive pas
à skier
dessus.

Quand je vois ta mère, ma bite rétrécit.

ta mère CENSURÉ

Le sexe de ta mère est tellement énorme que quand ton père la baise il dit:

« Chérie, il fait froid dehors. »

Ta mère c'est comme une bibliothèque, elle est ouverte au public.

Ta mère est tellement vieille que quand elle pète ça fait de la poussière.

interdit

Ta mère, c'est comme un bouton d'acné, quand je la vois j'ai envie de l'éclater.

Ta mère a tellement de varices qu'on l'appelle « le roquefort ».

TA MÈRE, SI ON LUI MET DEUX BITES DANS LES OREILLES, ELLE SE PREND POUR UN SCOOTER.

Ta mère, elle est tellement crade qu'elle sale le bifteck en se le passant sous les aisselles

Ta mère, elle a un cul tellement gros que ton père il met quatre-vingts jours pour tourner autour.

TA SŒUR EST TELLEMENT GROSSE QUE LA MARQUE DE SES SLIPS C'EST PAS « PETIT BATEAU » MAIS « GROS PAQUEBOT ».

interdit

TA MÈRE,
ELLE A LE
CLITORIS
QUI PEND
TELLEMENT
QU'EN LE
RETOURNANT
ÇA TIENT
LIEU DE
CAPOTE.

Ta mère est tellement grosse que quand elle est malade c'est pas un suppositoire qu'elle enfile c'est un

zeppelin.

TA MÈRE EST TELLEMENT MAIGRE QUE QUAND ELLE PISSE ACCROUPIE, LE JET LA SOULÈVE EN L'AIR.

TA MÈRE, ELLE EST TELLEMENT SALE QUE LE TYPE QUI MET SA BITE DEDANS RESSORT AVEC UN SAUCISSON EN CROÛTE.

TA MÈRE EST TELLEMENT RADINE QUE POUR ÉCONOMISER LE PAPIER ELLE S'ESSUIE AVEC LA LANGUE DE SON CHIEN.

Dans le triangle des Bermudes on retrouve des avions,

Ta mère est tellement radine

mais dans

qu'elle utilise le PQ des deux côtés.

le triangle de ta mère on retrouve le porte-avions.

Ta mère, elle est tellement méchante qu'elle tend des billets de 100 francs aux S.D.F. avant de les reprendre en disant « poisson d'avril ».

Ta mère a tellement de croûtes dans les oreilles que Winnie l'ourson est devenu son ami pour lui piquer son « miel ».

TA MÈRE EST TELLEMENT MAIGRE QU'ENTRE SES FESSES Y A PAS DE PLACE POUR UNE RAIE.

Ton père, il a une queue tellement petite que les éléphants se demandent comment il fait pour boire.

TA MÈRE EST TELLEMENT MÉCHANTE QUE MÊME LE CANCER N'EN VEUT PAS.

Ta mère, c'est comme Johnny : « Queue je t'aime. »

Ta mère, elle est tellement salope que si les rues étaient pavées de bites elle marcherait sur le cul.

TA MÈRE, ELLE PÈLE TELLEMENT QU'ON A FAILLI L'EMBAUCHER DANS UNE FABRIQUE DE CHIPS.

Ta mère, c'est mieux que le métro, on paye moins cher et on y va plus nombreux.

Ta mère, c'est le PMU : « On joue comme on aime. »

Ta mère est tellement **grosse** que quand elle se lève des toilettes, avec l'effet de **ventouse,** le siège reste accroché.

Ta mère est tellement pute qu'elle oblige ses morpions à porter des strings !

Ta mère est tellement salope que même ses morpions ont fondé un syndicat !

TA MÈRE EST TELLEMENT GROSSE QU'ELLE PIQUE AU SUPERMARCHÉ EN PLANQUANT DES CADDIES DANS SES BOURRELETS.

Ta mère est tellement radine que quand elle vomit, elle serre les dents pour garder les gros bouts.

Ta mère	Ta sœur
mouille	mouille
tellement	tellement
qu'on	que
aurait	pour
plus	l'approcher
vite fait	t'as
d'apprendre	besoin
à nager	d'un
à sa fouf.	Zodiac.

Ta mère, elle
pue tellement
que quand elle
pète on dirait
qu'elle a mangé
un cimetière.

Ta mère est tellement molle que si des anthropophages voulaient la manger ils tremperaient des bouts de pain dedans.

Si Dieu a inventé l'alcool c'est pour que ton père puisse baiser ta mère.

interdit

Ta mère, c'est comme le dernier morceau dans le plat : chacun assure qu'il n'en veut pas, mais il y a toujours quelqu'un pour la prendre.

Ta mère est tellement bavarde que quand on lui roule une pelle elle continue à parler par le nez.

Ta sœur a tellement de points noirs que l'esthéticienne a l'impression de maquiller un cookie.

Ta mère c'est comme une pompe à essence: libre-service.

Ta mère est si petite que quand ton père la prend en levrette, on dirait qu'il met une capote.

La chatte à ta mère est tellement crade que même Indiana Jones a peur de s'y aventurer.

TA MÈRE EST TELLEMENT CRADE QUE DEPUIS QU'ELLE A PÉTÉ DANS L'OCÉAN, CHIRAC A RENONCÉ AUX ESSAIS NUCLÉAIRES !

Ta mère est tellement voûtée que son sexe a des oreilles.

**LE SEXE
DE TA MÈRE EST
TELLEMENT VASTE
QU'UNE FOIS J' SUIS
TOMBÉ DEDANS
ET J'AI VU UN GARS
QUI M'A DIT :
« T'AS PAS VU
MA BAGUE ? »
PUIS J'AI VU
UN COW-BOY ET
IL M'A DEMANDÉ :
« T'AS PAS VU
MON CHEVAL ? »**

Ta mère,
elle a
les seins
qui pendent
tellement
qu'elle a
pas besoin de
pantoufles.

Ta mère c'est comme le Paic Citron : « Quelques goutTES suffisent. »

Les couilles de **ton père,** c'est comme les témoins de Jéhovah : elles sont deux mais ta mère veut jamais les laisser entrer.

Ta
mère est
tellement
pourrie que
quand elle
mourra, les
asticots
auront l'im-
pression
qu'on leur
sert du
réchauffé.

Ta
mère
a les cheveux
tellement gras que
tous les jours elle les
tord pour assaisonner la salade.

Quand ton père nique ta mère, les voisins du dessous appellent les pompiers.

Ta mère est tellement crade que lorsqu'elle joue au « paquet de merde » c'est elle la pioche.

Ta mère pue tellement de la gueule qu'elle crache de l'acide.

Ta mère sent
tellement fort
de l'entrecuisse
que son gynécologue
est devenu
aveugle.

Ta mère, c'est
comme un
aspirateur :
elle a juste à écarter
les fesses pour
attirer toutes
les saletés du coin.

TA MÈRE EST TELLEMENT CRADE QUE C'EST COMME TCHERNOBYL : ÇA PÈTE, ÇA PUE, ET ÇA LAISSE DES TRACES.

Ta mère est tellement méchante qu'elle attrape des handicapés pour taper sur des orphelins.

Ta mère est tellement crade que quand elle crie : « Dégagez les mouches », sa fouf devient blonde.

Ta mère est tellement crade que lorsque j'ai tiré la chasse d'eau elle a crié : « Qui a vidé l'eau de mon bain ? »

Quand ta mère pète dans le métro, on accuse la secte Aoum.

Ta mère pue

tellement que ton père dort dans les chiottes

Ta mère est tellement conne qu'elle pense que les gens branchés se mettent une prise dans le cul.

Ta mère est tellement méchante que quand elle voit un aveugle avec un chien de l'autre côté de la rue, elle sort un bifteck pour que le chien se précipite au milieu du trafic.

Ta mère a les dents tellement jaunes qu'elle devrait manger des œufs durs-dentifrice !

Si ta mère était une fleur, il faudrait l'asperger de déodorant.

Ta mère a tellement d' boutons sur la gueule que même les crèmes tournent de l'œil.

Ta mère bave tellement qu'à table vous mangez avec des bottes en plastique.

interdit

TA MÈRE A UN SEXE TELLEMENT GRAND QU'ELLE SE MASTURBE AVEC LA FOREUSE D'EUROTUNNEL.

Ta mère, c'est comme un camembert sauf que dans le camenbert on aime la croûte.

Ta mère pue

tellement de

la gueule que

si elle

ouvre

la fenêtre

ça fait

courant

d'air avec

sa dent

creuse.

Ta mère a les dents tellement jaunes qu'elle ne fait plus de sourires mais des appels de phare.

FOR ADULTS ONLY

TA MÈRE EST TELLEMENT GROSSE QUE C'EST L'AS-CENSEUR QUI PEUT REN-TRER DANS TA MÈRE.

Ta mère est tellement sale que lorsqu'on lui dit : « Comment tu fais pour avoir les ongles aussi noirs ? » elle répond : « J' me gratte. »

TA MÈRE, ELLE PUE TELLEMENT QUE QUAND ELLE SE BAIGNE DANS UNE RIVIÈRE C'EST TOUJOURS AU MILIEU DES POISSONS CREVÉS.

Ta mère cul nu en amazone sur le cadre du'un vélo d'E.T.

Ta mère est tellement conne que depuis que je lui ai dit que j'utilisais le savon « Le Chat », elle se lave la fouf avec ton chat.

TA MÈRE EST TELLEMENT ANALPHABÈTE QU'ELLE CROIT QUE **L'« ANAL-PHABÉTISME » C'EST QUAND ON S'ENFILE DES ANIMAUX DANS LE TROU DU CUL.**

interdit

Ta mère est tellement méchante que quand elle voit des nains elle leur jette des graines en disant :

« petit-

petit-

petit-

petit ! »

Ta mère est tellement grande que c'est pas étonnant que tu aies mis neuf mois à trouver la sortie.

Ta mère, elle pue tellement de la gueule que quand elle pète tu réponds : « Oui maman. »

Ta mère est tellement bête que quand tu lui as dit que t'as eu ton permis « les doigts dans le nez », elle t'a demandé : « Ça n'a pas été trop dur pour conduire ? »

Ta mère, elle dépucelle les Petits Chanteurs à la Croix de Bois.

Ta mère est tellement monstrueuse que je me demande si ta mère ce serait pas Lolo Ferrari.

TA MÈRE, ELLE JOUE DU CLAYDERMAN SUR SON BONTEMPI !

Ta mère, elle dit la bonne aventure dans les sanisettes Decaux.

Ta mère est tellement méchante que quand elle voit un type en fauteuil roulant elle le traite de fainéant.

interdit

TA MÈRE EST TELLEMENT CONNE QUE QUAND ON LUI A DEMANDÉ SI ELLE AVAIT DÉJÀ VU LE TROU NOIR ELLE A RÉPONDU QU'ELLE AVAIT DÉJÀ ESSAYÉ MAIS QU'ELLE N'ÉTAIT PAS ASSEZ SOUPLE.

Ta mère est tellement radine que pour s'éclairer elle enfonce deux mèches dans la cire de ses oreilles et elle allume.

Ta mère à califourchon sur la flamme du Soldat inconnu.

Ta mère est tellement sale que quand elle va à la plage les gens croient qu'il y a eu une marée noire.

4468

R.I.D. Composition – 91400-Gometz-la-Ville
Achevé d'imprimer en Europe (France)
par Brodard et Taupin à La Flèche (Sarthe)
le 21 octobre 1997. 1043T-5
Dépôt légal octobre 1997. ISBN 2-290-04468-7
Éditions J'ai lu
84, rue de Grenelle, 75007 Paris
Diffusion France et étranger : Flammarion